全民阅读·经典小丛书

徐志摩 等◎著
冯慧娟◎编

最美的诗

吉林出版集团股份有限公司

版权所有　侵权必究

图书在版编目（CIP）数据

　　最美的诗 / 徐志摩等著；冯慧娟编. — 长春：吉林出版集团股份有限公司，2015.6
　　（全民阅读.经典小丛书）
　　ISBN 978-7-5534-7569-1

　　Ⅰ.①最… Ⅱ.①徐… ②冯… Ⅲ.①诗集 – 中国 – 近现代 Ⅳ.①I22

　　中国版本图书馆 CIP 数据核字 (2015) 第 119890 号

ZUI MEI DE SHI

最美的诗

作　　者：	徐志摩　等　著　冯慧娟　编
出版策划：	孙　昶
选题策划：	冯子龙
责任编辑：	孙骏骅
排　　版：	新华智品
出　　版：	吉林出版集团股份有限公司
	（长春市福祉大路 5788 号，邮政编码：130118）
发　　行：	吉林出版集团译文图书经营有限公司
	（http://shop34896900.taobao.com）
电　　话：	总编办 0431-81629909　　营销部 0431-81629880 / 81629881
印　　刷：	北京一鑫印务有限责任公司
开　　本：	640mm × 940mm 1/16
印　　张：	10
字　　数：	130 千字
版　　次：	2015 年 7 月第 1 版
印　　次：	2019 年 6 月第 4 次印刷
书　　号：	ISBN 978-7-5534-7569-1
定　　价：	32.00 元

印装错误请与承印厂联系　电话：18611383393

前言
FOREWORD

中国是历史悠久的诗歌王国。从最初的《弹歌》到《诗经》、《楚辞》，从唐诗、宋词、元曲到"五四"新文化运动的新诗觉醒，流传至今的诗歌浩如烟海。即使是仅仅发展了百年的现代诗，其中的佳作也如秋夜繁星，不可计数。因而有人认为20世纪初新文化运动的最大收获，就是中国的百年新诗。

对于世界上独一无二的泱泱诗国来说，舍弃已经沿袭了数千年的诗体形式，改变早已深入人心的诗歌韵律，这无疑是一场伟大的诗歌革命。它开辟了一条新的道路，打开了一个异常丰富的空间。对诗人的创造力来说，这也是一次空前的解放。

20世纪，中国现代诗的发展可大体分为20年代至30年代前期、40年代中后期和80年代后至世纪末三个阶段。编者以这三个时期的诗人及其作品为基础，选取了在专家、诗人、普通读者中都具有一定的认知度和影响力的98首诗歌，汇成了这本《最美的诗》。

值得注意的是，由于众多诗人的历史贡献各不相同，一些选本为了追求全面，入选了一些只在某个时期影响较大而现在看来诗艺平平的诗。而本书则以近百年来人们对新诗最大的认可程度和诗歌本身的艺术性为选择标准。其中既收录了形式与

前言
FOREWORD

内容较统一的新月诗派，也选取了成就突出的"九叶"诗人的作品，又不乏"面朝大海，春暖花开"等当代名作，极力把诗歌的格调之美、自然之美和诗意之美融为一体，奉献给广大的读者朋友们。

目录
CONTENTS

徐志摩……………………………………〇一二
雪花的快乐………………………………〇一二
残诗………………………………………〇一三
沙扬娜拉（十八）………………………〇一四
偶然………………………………………〇一四
阔的海……………………………………〇一五
再别康桥…………………………………〇一五
黄鹂………………………………………〇一七
我不知道风是在哪一个方向吹…………〇一八
我等候你…………………………………〇一九
半夜深巷琵琶……………………………〇二三
在那山道旁………………………………〇二四
闻一多……………………………………〇二六
幻中之邂逅………………………………〇二六
孤雁………………………………………〇二七
死水………………………………………〇三〇
玄思………………………………………〇三二
林徽因……………………………………〇三四
仍然………………………………………〇三四
你是人间的四月天………………………〇三五
秋天，这秋天……………………………〇三六

目录 CONTENTS

笑	〇三九
深夜里听到乐声	〇四〇
情愿	〇四一
山中一个夏夜	〇四二
静坐	〇四三
时间	〇四三
朱湘	**〇四五**
葬我	〇四五
昭君出塞	〇四六
有忆	〇四七
残灰	〇四八
雨景	〇五〇
戴望舒	**〇五二**
雨巷	〇五二
烦忧	〇五四
我用残损的手掌	〇五四
寻梦者	〇五六
李广田	**〇五八**
秋灯	〇五八
笑的种子	〇五九
地之子	〇六〇

目录

CONTENTS

覃子豪 ………………………………… ○六二
过黑发桥………………………………… ○六二
瓶之存在………………………………… ○六三
吹箫者…………………………………… ○六六
胡适 …………………………………… ○六九
蝴蝶……………………………………… ○六九
希望……………………………………… ○六九
十一月二十四夜………………………… ○七○
梦与诗…………………………………… ○七○
湖上……………………………………… ○七一
一念……………………………………… ○七二
从纽约省会（Albany）回纽约市……… ○七二
无题……………………………………… ○七三
鲁迅 …………………………………… ○七四
《野草》题辞…………………………… ○七四
影的告别………………………………… ○七五
希望……………………………………… ○七七
雪………………………………………… ○七九
周作人 ………………………………… ○八二
慈姑的盆………………………………… ○八二
两个扫雪的人…………………………… ○八三

目录
CONTENTS

小河…………………………………………〇八三
刘半农……………………………………〇八七
教我如何不想她……………………………〇八七
落叶…………………………………………〇八八
敲冰…………………………………………〇八九
在一家印度饭店里…………………………一〇〇
在墨蓝的海洋深处…………………………一〇一
诗神…………………………………………一〇二
E弦…………………………………………一〇三
陈梦家……………………………………一〇四
一朵野花……………………………………一〇四
雁子…………………………………………一〇四
雨中过二十里铺……………………………一〇五
鸡鸣寺的野路………………………………一〇六
铁马的歌……………………………………一〇六
小庙春景……………………………………一〇八
杨唤………………………………………一一〇
我是忙碌的…………………………………一一〇
乡愁…………………………………………一一一
垂灭的星……………………………………一一一
花与果实……………………………………一一二

目录

CONTENTS

饶孟侃……………………………一三
招魂………………………………一三
呼唤………………………………一四
于赓虞……………………………一五
秋晨………………………………一五
影…………………………………一六
潘漠华……………………………一八
再生………………………………一八
离家………………………………一九
应修人……………………………二一
到邮局去…………………………二一
妹妹你是水………………………二一
刘梦苇……………………………二三
铁路行……………………………二三
示娴………………………………二四
最后的坚决………………………二四
王独清……………………………二七
我从Cafe中出来…………………二七
月光………………………………二八
吊罗马……………………………二九
但丁墓前…………………………三六

目录
CONTENTS

王统照 …………………………………一三八
小诗………………………………………一三八
花影………………………………………一三八
小的伴侣…………………………………一三九
雪莱墓上…………………………………一三九
微雨中的山游……………………………一四四
铁匠铺中…………………………………一四五
康白情 …………………………………一四七
草儿………………………………………一四七
和平的春里………………………………一四八
徐玉诺 …………………………………一四九
秋晚………………………………………一四九
小诗………………………………………一五〇
故乡………………………………………一五〇
刘大白 …………………………………一五二
秋江的晚上………………………………一五二
邮吻………………………………………一五三
秋夜湖心独坐……………………………一五四
心上的写真………………………………一五五
萧红 ……………………………………一五七
沙粒（二十三）…………………………一五七
可纪念的枫叶……………………………一五七

最美的诗

徐志摩

作者简介：徐志摩（1897—1931），原名章垿，字槱森，浙江海宁县硖石镇人。新月派代表诗人、散文家，新月诗社发起人之一。主要作品有，诗集《志摩的诗》《翡冷翠的一夜》《猛虎集》等，散文集《落叶》《巴黎的鳞爪》《自剖》《轮盘》（小说散文集）等，小说《春痕》。

雪花的快乐

假若我是一朵雪花，
翩翩的在半空里潇洒，
我一定认清我的方向——
飞扬，飞扬，飞扬——
这地面上有我的方向。

不去那冷寞的幽谷，
不去那凄清的山麓，
也不上荒街去惆怅——
飞扬，飞扬，飞扬——
你看，我有我的方向！

在半空里娟娟的飞舞，

认明了那清幽的住处，

等着她来花园里探望——

飞扬，飞扬，飞扬——

啊，她身上有朱砂梅的清香！

那时我凭借我的身轻，

盈盈的，沾住了她的衣襟，

贴近她柔波似的心胸——

消溶，消溶，消溶——

溶入了她柔波似的心胸！

残诗

怨谁？怨谁？这不是青天里打雷？

关着，锁上；赶明儿瓷花砖上堆灰！

别瞧这白石台阶儿光滑，赶明儿，唉，

石缝里长草，石板上青青的全是莓！

那廊下的青玉缸里养着鱼，真凤尾，

可还有谁给换水，谁给捞草，谁给喂？

要不了三五天准翻着白肚鼓着眼，

不浮着死，也就让冰分儿压一个扁！

顶可怜是那几个红嘴绿毛的鹦哥，

让娘娘教得顶乖，会跟着洞箫唱歌，

真娇养惯，喂食一迟，就叫人名儿骂，

现在,您叫去!就剩空院子给您答话!……

沙扬娜拉(十八)

——赠日本女郎

最是那一低头的温柔,
像一朵水莲花不胜凉风的娇羞,
道一声珍重,道一声珍重,
那一声珍重里有蜜甜的忧愁——
沙扬娜拉!

偶然

我是天空里的一片云,
偶尔投影在你的波心——
你不必讶异,
更无须欢喜——
在转瞬间消灭了踪影。

你我相逢在黑夜的海上,
你有你的,我有我的,方向;
你记得也好,
最好你忘掉,
在这交会时互放的光亮!

阔的海

阔的海空的天我不需要,

我也不想放一只巨大的纸鹞

上天去捉弄四面八方的风;

我只要一分钟

我只要一点光

我只要一条缝——

像一个小孩爬伏

在一间暗屋的窗前

望着西天边不死的一条

缝,一点

光,一分

钟。

再别康桥

轻轻的我走了,

正如我轻轻的来;

我轻轻的招手,

作别西天的云彩。

那河畔的金柳，

是夕阳中的新娘；

波光里的艳影，

在我的心头荡漾。

软泥上的青荇，

油油的在水底招摇；

在康桥的柔波里，

我甘心做一条水草！

那榆荫下的一潭，

不是清泉，是天上虹，

揉碎在浮藻间，

沉淀着彩虹似的梦。

寻梦？撑一支长篙，

向青草更青处漫溯，

满载一船星辉，

在星辉斑斓里放歌。

但我不能放歌，

悄悄是别离的笙箫；

夏虫也为我沉默，

沉默是今晚的康桥!

悄悄的我走了,

正如我悄悄的来;

我挥一挥衣袖,

不带走一片云彩。

黄鹂

一掠颜色飞上了树,

"看,一只黄鹂!"有人说。

翘着尾尖,它不作声,

艳异照亮了浓密——

像是春光,火焰,像是热情。

等候它唱,我们静着望,

怕惊了它。但它一展翅,

冲破浓密,化一朵彩云;

它飞了,不见了,没了——

像是春光,火焰,像是热情。

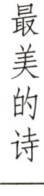

我不知道风是在哪一个方向吹

我不知道风

是在哪一个方向吹——

我是在梦中,

在梦的轻波里依洄。

我不知道风

是在哪一个方向吹——

我是在梦中,

她的温存,我的迷醉。

我不知道风

是在哪一个方向吹——

我是在梦中,

甜美是梦里的光辉。

我不知道风

是在哪一个方向吹——

我是在梦中,

她的负心,我的伤悲。

我不知道风

是在哪一个方向吹——

我是在梦中,

在梦的悲哀里心碎！

我不知道风

是在哪一个方向吹——

我是在梦中，

黯淡是梦里的光辉！

我等候你

我等候你。

我望着户外的昏黄

如同望着将来，

我的心震盲了我的听。

你怎还不来？希望

在每一秒钟上允许开花。

我守候着你的步履，

你的笑语，你的脸，

你的柔软的发丝，

守候着你的一切；

希望在每一秒钟上

枯死——你在哪里？

我要你，要得我心里生痛，

我要你火焰似的笑，

要你灵活的腰身，

你的发上眼角的飞星；

我陷落在迷醉的氛围中，

像一座岛，

在蟒绿的海涛间，不自主的在浮沉……

喔，我迫切的想望

你的来临，想望

那一朵神奇的优昙

开上时间的顶尖！

你为什么不来，忍心的！

你明知道，我知道你知道，

你这不来于我是致命的一击，

打死我生命中乍放的阳春，

教坚实如矿里的铁的黑暗，

压迫我的思想与呼吸；

打死可怜的希冀的嫩芽，

把我，囚犯似的，交付给

妒与愁苦，生的羞惭

与绝望的惨酷。

这也许是痴。竟许是痴。

我信我确然是痴；

但我不能转拨一支已然定向的舵，

万方的风息都不容许我犹豫——

我不能回头，运命驱策着我！

我也知道这多半是走向

毁灭的路，但

为了你，为了你，

我什么都甘愿；

这不仅我的热情，

我的仅有理性亦如此说。

痴！想磔碎一个生命的纤维

为要感动一个女人的心！

想博得的，能博得的，至多是

她的一滴泪，

她的一阵心酸，

竟许一半声漠然的冷笑；

但我也甘愿，即使

我粉身的消息传给

一块顽石，她把我看作

一只地穴里的鼠，一条虫，

我还是甘愿！

痴到了真，是无条件的，

上帝他也无法调回一个

痴定了的心如同一个将军

有时调回已上死线的士兵。

枉然，一切都是枉然，

你的不来是不容否认的实在,

虽则我心里烧着泼旺的火,

饥渴着你的一切,

你的发,你的笑,你的手脚;

任何的痴想与祈祷

不能缩短一小寸

你我间的距离!

户外的昏黄已然

凝聚成夜的乌黑,

树枝上挂着冰雪,

鸟雀们典去了它们的啁啾,

沉默是这一致穿孝的宇宙。

钟上的针不断的比着

玄妙的手势,像是指点,

像是同情,像是嘲讽,

每一次到点的打动,我听来是

我自己的心的

活埋的丧钟。

半夜深巷琵琶

又被它从睡梦中惊醒,

深夜里的琵琶!

是谁的悲思,

是谁的手指,

像一阵凄风,

像一阵惨雨,

像一阵落花,

在这夜深深时,

在这睡昏昏时,

挑动着紧促的弦索,

乱弹着宫商角徵,

和着这深夜,荒街,

柳梢头有残月挂,

啊,半轮的残月,

像是破碎的希望他,

他 头戴一顶开花帽,

身上带着铁链条,

在光阴的道上疯了似的跳,

疯了似的笑,

完了,他说,吹糊你的灯,

她在坟墓的那一边等，

等你去亲吻，

等你去亲吻，

等你去亲吻！

在那山道旁

在那山道旁，一天雾濛濛的朝上，

初生的小蓝花在草丛里窥觑，

我送别她归去，与她在此分离，

在青草里飘拂，她的洁白的裙衣。

我不曾开言，她亦不曾告辞，

驻足在山道旁，我暗暗的寻思，

"吐露你的秘密，这不是最好时机？"——

露沾的小草花，仿佛恼我的迟疑。

为什么迟疑，这是最后的时机，

在这山道旁，在这雾盲的朝上？

收集了勇气，向着她我旋转身去：——

但是啊，为什么她这满眼凄惶了

我咽住了我的话，低下了我的头，

水灼与冰激在我的心胸间回荡，
啊，我认识了我的命运，她的忧愁，——
在这浓雾里，在这凄清的道旁！

在那天朝上，在雾茫茫的山道旁，
新生的小蓝花在草丛里睥睨
我目送她远去，与她从此分离——
在青草间飘拂，她那洁白的裙衣！

闻一多

作者简介：闻一多（1899—1946），本名家骅，字友三，后改名多，又改一多，湖北黄冈浠水县人。著名诗人、学者、爱国民主战士，新月诗社成员。主要作品有：《冬夜草儿评论》（与梁实秋合著），诗集《红烛》《死水》等。

幻中之邂逅

太阳落了，责任闭了眼睛，
屋里朦胧的黑暗凄酸的寂静，
钩动了一种若有若无的感情，
——快乐和悲哀之间底黄昏。

仿佛一簇白云，濛濛漠漠，
拥着一只素氅朱冠的仙鹤——
在方才淌进的月光里浸着，
那娉婷的模样就是他吗？

我们都还没吐出一丝儿声响，
我刚才无心地碰着他的衣裳，
许多的秘密，便同奔川一样，
从这摩触中不歇地冲洄来往。

忽地里我想要问他到底是谁，

抬起头来……月在那里？人在那里？

从此狰狞的黑暗，咆哮的静寂，

便扰得我辗转空床，通夜无睡。

孤雁

不幸的失群的孤客！

谁教你抛弃了旧侣，

拆散了阵字，

流落到这水国的绝塞，

拼着寸磔的愁肠，

泣诉那无边的酸楚？

啊！从那浮云底密幕里，

迸出这样的哀音；

这样的痛苦！这样的热情！

孤寂的流落者！

不须叫喊得哟！

你那沉细的音波，

在这大海的惊雷里，

还不值得那涛头上

溅破的一粒浮沤呢！

可怜的孤魂啊!

更不须向天回首了。

天是一个无涯的秘密,

一幅蓝色的谜语,

太难了,不是你能猜破的。

也不须向海低头了。

这辱骂高天的恶汉,

他的咸卤的唾沫

不要渍湿了你的翅膀,

粘滞了你的行程!

流落的孤禽啊!

到底飞往哪里去呢?

那太平洋的彼岸,

可知道究竟有些什么?

啊!那里是苍鹰的领土——

那鸷悍的霸王啊!

他的锐利的指爪,

已撕破了自然的面目,

建筑起财力的窝巢。

那里只有铜筋铁骨的机械,

喝醉了弱者的鲜血，
吐出些罪恶的黑烟，
涂污我太空，闭熄了日月，
教你飞来不知方向，
息去又没地藏身啊！

流落的失群者啊！
到底要往哪里去？
随阳的鸟啊！
光明的追逐者啊！
不信那腥臊的屠场，
黑黪的烟灶，
竟能吸引你的踪迹！

归来罢，失路的游魂！
归来参加你的伴侣，
补足他们的阵列！
他们正引着颈望你呢。

归来偃卧在霜染的芦林里，
那里有校猎的西风，
将茸毛似的芦花，
铺就了你的床褥

来温暖起你的甜梦。

归来浮游在温柔的港淑里,
那里方是你的浴盆。
归来徘徊在浪舐的平沙上
趁着溶银的月色,
婆娑着戏弄你的幽影。

归来罢,流落的孤禽!
与其尽在这水国的绝塞,
拼着寸磔的愁肠,
泣诉那无边的酸楚,
不如棹翅回身归去罢!

啊!但是这不由分说的狂飙
挟着我不息地前进;
我脚上又带着了一封信,
我怎能抛却我的使命,
由着我的心性
回身棹翅归去来呢?

死水

这是一沟绝望的死水,
清风吹不起半点漪沦。

不如多扔些破铜烂铁，
爽性泼你的剩菜残羹。

也许铜的要绿成翡翠，
铁罐上锈出几瓣桃花；
再让油腻织一层罗绮，
霉菌给他蒸出些云霞。

让死水酵成一沟绿酒，
飘满了珍珠似的白沫；
小珠们笑声变成大珠，
又被偷酒的花蚊咬破。

那么一沟绝望的死水,
也就夸得上几分鲜明。
如果青蛙耐不住寂寞,
又算死水叫出了歌声。

这是一沟绝望的死水,
这里断不是美的所在,
不如让给丑恶来开垦,
看他造出个什么世界。

玄思

在黄昏底沉默里,
从我这荒凉的脑子里,
常迸出些古怪的思想,
不伦不类的思想;

仿佛从一座古寺前的
尘封雨渍的钟楼里,
飞出一阵猜怯的蝙蝠,
非禽非兽的小怪物。

同野心的蝙蝠一样,
我的思想不肯只爬在地上,

却老在天空里兜圈子,

圆的,扁的,种种的圈子。

我这荒凉的脑子

在黄昏底沉默里,

常进出些古怪的思想,

仿佛同些蝙蝠一样。

林徽因

作者简介：林徽因（1904—1955），原名徽音，福建福州人。中国著名建筑学家和作家，是中国第一位女建筑家，被誉为中国一代才女。主要作品有《林徽因诗集》，小说《九十九度中》等。

仍然

你舒伸得像一湖水向着晴空里

白云，又像是一流冷涧，澄清

许我循着林岸穷究你的泉源：

我却仍然怀抱着百般的疑心

对你的每一个映影！

你展开像个千瓣的花朵！

鲜妍是你的每一瓣，更有芳沁，

那温存袭人的花气，伴着晚凉：

我说花儿，这正是春的捉弄人，

来偷取人们的痴情！

你又学叶叶的书篇随风吹展，

揭示你的每一个深思；每一角心境，
你的眼睛望着我，不断的在说话：
我却仍然没有回答，一片的沉静
永远守住我的魂灵。

你是人间的四月天

我说你是人间的四月天；
笑响点亮了四面风；轻灵
在春的光艳中交舞着变。

你是四月早天里的云烟，
黄昏吹着风的软，星子在
无意中闪，细雨点洒在花前。

那轻，那娉婷，你是，鲜妍。
百花的冠冕你戴着，你是
天真，庄严，你是夜夜的月圆。

雪化后那片鹅黄，你像；新鲜
初放芽的绿，你是；柔嫩喜悦
水光浮动着你梦期待中白莲。

你是一树一树的花开,是燕

在梁间呢喃,——你是爱,是暖,

是希望,你是人间的四月天!

秋天,这秋天

这是秋天,秋天,

风还该是温软;

太阳仍笑着那微笑,

闪着金银,夸耀

他实在无多了的

最奢侈的早晚!

这里那里,在这秋天,

斑彩错置到各处

山野,和枝叶中间,

像醉了的蝴蝶,或是

珊瑚珠翠,华贵的失散,

缤纷降落到地面上。

这时候心得像歌曲,

由山泉的水光里闪动,

浮出珠沫,溅开

山石的喉嗓唱。

这时候满腔的热情

全是你的，秋天懂得，
秋天懂得那狂放，——
秋天爱的是那不经意
不经意的凌乱！

但是秋天，这秋天，
他撑着梦一般的喜筵，
不为的是你的欢欣：
他撒开手，一掬璎珞，
一把落花似的幻变，
还为的是那不定的
悲哀，归根儿蒂结住
在这人生的中心！
一阵萧萧的风，起自
昨夜西窗的外沿，
摇着梧桐树哭。——
起始你怀疑着：
荷叶还没有残败；
小划子停在水流中间；
夏夜的细语，夹着虫鸣，
还信得过仍然偎着
耳朵旁温甜；
但是梧桐叶带来桂花香，

已打到灯盏的光前。

一切都两样了,他闪一闪说,

只要一夜的风,一夜的幻变。

冷雾迷住我的两眼,

在这样的深秋里,

你又同谁争?现实的背面

是不是现实,荒诞的,

果属不可信的虚妄?

疑问抵不住简单的残酷,

再别要悯惜流血的哀惶,

趁一次里,要认清

造物更是摧毁的工匠。

信仰只一细炷香,

那点子亮再经不起西风

沙沙的隔着梧桐树吹!

如果你忘不掉,忘不掉

那同听过的鸟啼;

同看过的花好,信仰

该在过往的中间安睡。……

秋天的骄傲是果实,

不是萌芽,——生命不容你

不献出你积累的馨芳;

交出受过光热的每一层颜色；

点点沥尽你最难堪的酸怆。

这时候，

切不用哭泣；或是呼唤；

更用不着闭上眼祈祷；

（向着将来的将来空等盼）；

只要低低的，在静里，低下去

已困倦的头来承受，——承受

这叶落了的秋天

听风扯紧了弦索自歌挽：

这秋，这夜，这惨的变换！

笑

笑的是她的眼睛，口唇，

和唇边浑圆的旋涡。

艳丽如同露珠，

朵朵的笑向

贝齿的闪光里躲。

那是笑——神的笑，美的笑；

水的映影，风的轻歌。

笑的是她惺松的鬈发，

散乱的挨着她的耳朵。

轻软如同花影，

痒痒的甜蜜

涌进了你的心窝。

那是笑——诗的笑，画的笑：

云的留痕，浪的柔波。

深夜里听到乐声

这一定又是你的手指，

轻弹着，

在这深夜，稠密的悲思；

我不禁颊边泛上了红，

静听着，

这深夜里弦子的生动。

一声听从我心底穿过，

忒凄凉

我懂得，但我怎能应和？

生命早描定她的式样，

太薄弱

是人们的美丽的想象。

除非在梦里有这么一天,
你和我
同来攀动那根希望的弦。

情愿

我情愿化成一片落叶,
让风吹雨打到处飘零;
或流云一朵,在澄蓝天,
和大地再没有些牵连。

但抱紧那伤心的标志,
去触遇没着落的怅惘;
在黄昏,夜半,蹑着脚走,
全是空虚,再莫有温柔;

忘掉曾有这世界;有你;
哀悼谁又曾有过爱恋;
落花似的落尽,忘了去
这些个泪点里的情绪。

到那天一切都不存留，

比一闪光，一息风更少

痕迹，你也要忘掉了我

曾经在这世界里活过。

山中一个夏夜

山中一个夏夜，深得

象没有底一样；

黑影，松林密密的；

周围没有点光亮。

对山闪着只一盏灯———两盏

象夜的眼，夜的眼在看！

满山的风全蹑着脚

象是走路一样；

躲过了各处的枝叶

各处的草，不响。

单是流水，不断的在山谷上

石头的心，石头的口在唱。

均匀的一片静，罩下

象张软垂的幔帐。

疑问不见了,四角里

模糊,是梦在窥探?

夜象在祈祷,无声的在期望

幽郁的虔诚在无声里布漫。

静坐

冬有冬的来意,

寒冷像花,——

花有花香,冬有回忆一把。

一条枯枝影,青烟色的瘦细,

在午后的窗前拖过一笔画;

寒里日光淡了,渐斜……

就是那样地

像待客人说话

我在静沉中默啜着茶。

时间

人间的季候永远不断在转变

春时你留下多处残红,翩然辞别,

本不想回来时同谁叹息秋天!

现在连秋云黄叶又已失落去

辽远里,剩下灰色的长空一片

透彻的寂寞,你忍听冷风独语?

朱湘

作者简介：朱湘（1904—1933），字子沅，安徽太湖县人。现代诗人，新月诗社的代表人物之一。主要作品有：诗集《夏天》《草莽集》《石门集》等，译著有《路曼妮亚民歌一斑》《英国近代小说集》等。

葬我

葬我在荷花池内，
耳边有水蚓拖声，
在绿荷叶的灯上
萤火虫时暗时明——

葬我在马缨花下，
永做芬芳的梦——
葬我在泰山之巅，
风声呜咽过孤松——

不然，就烧我成灰，
投入泛滥的春江，
与落花一同漂去
无人知道的地方。

昭君出塞

琵琶呀,伴我的琵琶:
趁着如今人马不喧哗,
只听得啼声答答,
我想凭着切肤的指甲
弹出心里的嗟呀。

琵琶呀,伴我的琵琶:
这儿没有青草发新芽,
也没有花枝低桠;
在敕勒川前,燕支山下,
只有冰树结琼花。

琵琶呀,伴我的琵琶:
我不敢瞧落日照平沙,
雁飞过暮云之下,
不能为我传达一句话
到烟霭外的人家。

琵琶呀,伴我的琵琶:
记得当初被选入京华,
常对着南天悲咤,
那知道如今去朝远嫁,

望昭阳又是天涯。

琵琶呀，伴我的琵琶：
你瞧太阳落下了平沙，
夜风在荒野上发，
与一片马嘶声相应答，
远方响动了胡笳。

有忆

淡黄色的斜晖，
转眼中不留余迹。
一切的扰攘皆停，
一切的喧嚣皆息。

入了梦的乌鸦，
风来时偶发喉音；
和平的无声晚汐
已经淹没了全城。

路灯亮着微红，
苍鹰飞下了城堞，
在暮烟的白被中
紫色的钟山安歇。

寂寥的街巷内，

王侯大第的墙阴，

当的一声竹筒响，

是卖元宵的老人。

残灰

炭火发出微红的光芒，

一个老人独坐在盆旁，

这堆将要熄灭的灰烬，

在他的胸里引起悲伤——

火灰一刻暗，

火灰一刻亮，

火灰暗亮着红光。

童年之内，是在这盆旁，

靠在妈妈的怀抱中央，

栗子在盆上哗吧的响，

一个，一个，她剥给儿尝——

妈那里去了？

热泪满眼眶，

盆中颤摇着红光。

到青年时，也是这盆旁，

一双人影并映上高墙，
火光的红晕与今一样，
照见他同心爱的女郎——
竟此分手了，
她在天那方，
如今也对着火光？

到中年时，也是这盆旁，
白天里面辛苦了一场，
眼巴巴的望到了晚上，
才能暖着火嗑口黄汤——
妻子不在了，
儿女自家忙，
泪流瞧不见火光。

如今老了，还是这盆旁，
一个人伴影住在空房，
他趁着残灰没有全暗，
挑起炭火来想慰凄凉——
火终归熄了，
屋外一声梆，
这是起更的辰光。

雨景

我心爱的雨景也多着呀；

春夜梦回时窗前的淅沥；

急雨点打上蕉叶的声音；

雾一般拂着人脸的雨丝；
从电光中泼下来的雷雨——
但将雨时的天我最爱了。
它虽然是灰色的却透明；
它蕴着一种无声的期待。
并且从云气中，不知哪里，
飘来了一声清脆的鸟啼。

戴望舒

作者简介：戴望舒（1905—1950），原名戴朝寀，浙江余杭人，现代诗人。出版的诗集有《我的记忆》《望舒草》《望舒诗稿》《灾难的岁月》《戴望舒诗全编》。

雨巷

撑着油纸伞，独自

彷徨在悠长、悠长

又寂寥的雨巷

我希望逢着

一个丁香一样地

结着愁怨的姑娘

她是有

丁香一样的颜色

丁香一样的芬芳

丁香一样的忧愁

在雨中哀怨

哀怨又彷徨

她彷徨在这寂寥的雨巷

撑着油纸伞

像我一样

像我一样地

默默彳亍着

冷漠、凄清,又惆怅

她静默地走近

走近,又投出

太息一般的眼光

她飘过

像梦一般地

像梦一般地凄婉迷茫

像梦中飘过

一枝丁香地

我身旁飘过这女郎

她静默地远了、远了

到了颓圮的篱墙

走尽这雨巷

在雨的哀曲里

消了她的颜色

散了她的芬芳

消散了,甚至她的

太息般的眼光

最美的诗

〇五三

丁香般的惆怅

撑着油纸伞，独自
彷徨在悠长、悠长
又寂寥的雨巷
我希望飘过
一个丁香一样地
结着愁怨的姑娘

烦忧

说是寂寞的秋的悒郁，
说是辽远的海的怀念。
假如有人问我烦忧的原故，
我不敢说出你的名字。

我不敢说出你的名字，
假如有人问我烦忧的原故：
说是辽远的海的怀念，
说是寂寞的秋的悒郁。

我用残损的手掌

我用残损的手掌
摸索这广大的土地：

这一角已变成灰烬，

那一角只是血和泥；

这一片湖该是我的家乡，

（春天，堤上繁花如锦障，

嫩柳枝折断有奇异的芬芳）

我触到荇藻和水的微凉；

这长白山的雪峰冷到彻骨，

这黄河的水夹泥沙在指间滑出；

江南的水田，你当年新生的禾草

是那么细，那么软……现在只有蓬蒿；

岭南的荔枝花寂寞地憔悴，

尽那边，我蘸着南海没有渔船的苦水……

无形的手掌掠过无限的江山，

手指沾了血和灰，手掌黏了阴暗，

只有那辽远的一角依然完整，

温暖，明朗，坚固而蓬勃生春。

在那上面，我用残损的手掌轻抚，

像恋人的柔发，婴孩手中乳。

我把全部的力量运在手掌

贴在上面，寄与爱和一切希望，

因为只有那里是太阳，是春，

将驱逐阴暗，带来甦生，

因为只有那里我们不像牲口一样活，

蝼蚁一样死……那里，永恒的中国！

寻梦者

梦会开出花来的，
梦会开出娇妍的花来的；
去求无价的珍宝吧。

在青色的大海里，
在青色的大海的底里，
深藏着金色的贝一枚。

你去攀九年的冰山吧，
你去航九年的瀚海吧，
然后你逢到那金色的贝。

它有天上的云雨声，
它有海上的风涛声，
它会使你的心沉醉。

把它在海水里养九年，
把它在天水里养九年，
然后，它在一个暗夜里开绽了。

当你鬓发斑斑了的时候，
当你眼睛朦胧了的时候，
金色的贝吐出桃色的珠。

把桃色的珠放在你怀里，

把桃色的珠放在你枕边，

于是一个梦静静地升上来了。

你的梦开出花来了，

你的梦开出娇妍的花来了，

在你已衰老了的时候。

李广田

作者简介：李广田（1906—1968），号洗岑，山东邹平人，现代散文家、诗人。出版的诗集有：《汉园集》（与卞之琳、何其芳合著）、《春城集》《李广田诗选》。

秋灯

是中年人重温的友情呢，
还是垂暮者偶然的忆恋？
轻轻地，我想去一吻那灯球了。

灰白的，淡黄的秋夜的灯，
是谁的和平的笑脸呢？
不说话，我认你是我的老相识。

叮，叮，一个金甲虫在灯球上吻，
寂然地，他跌醉在灯下了：
一个温柔的最后的梦的开始。

静夜的秋灯是温暖的，
在孤寂中，我却是有一点寒冷。
咫尺的灯，觉得是遥遥了。

笑的种子

把一粒笑的种子
深深地种在心底，
纵是块忧郁的土地，
也滋长了这一粒种子。

笑的种子发了芽，
笑的种子又开了花，
花开在颤着的树叶里，
也开在道旁的浅草里。

尖塔的十字架上
开着笑的花，
飘在天空的白云里
也开着笑的花。

播种者现在何所呢，
那个流浪的小孩子？
永记得你那偶然的笑，
虽然不知道你的名字。

地之子

我是生自土中，
来自田间的，
这大地，我的母亲，
我对她有着作为人子的深情。
我爱着这地面上的沙壤，湿软软的，
我的襁褓；
更爱着绿绒绒的田禾，野草，
保姆的怀抱。
我愿安息在这土地上，
在这人类的田野里生长，
生长又死亡。

我在地上，
昂了首，望着天上。
望着白的云，
彩色的虹，
也望着碧蓝的晴空。
但我的脚却永踏着土地，
我永嗅着人间的土的气息。
我无心于住在天国里，

因为住在天国时,

便失掉了天国,

且失掉了我的母亲,这土地。

覃子豪

作者简介：覃子豪（1912—1963），原名覃基，祖籍四川广汉。现代诗人、诗歌评论家。主要作品有诗集《自由的旗》《海洋诗抄》《向日葵》《画廊》等。

过黑发桥

佩腰的山地人走过黑发桥

海风吹乱他长长的黑发

黑色的闪烁

如蝙蝠窜入黄昏

黑发的山地人归去

白头的鹭鸶，满天飞翔

一片纯白的羽毛落下

我的一茎白发

落入古铜色的镜中

而黄昏是桥上的理发匠

以火焰烧我的青丝

我的一茎白发

溶入古铜色的镜中

而我独行

于山与海之间的无人之境

港在山外

春天系在黑发的林里

当蝙蝠目盲的时刻

黎明的海就飘动着

载满爱情的船舶

瓶之存在

净化官能的热情、升华为零,而灵于感应

吸纳万有的呼吸与音籁在体中,化为律动

自在自如的

挺圆圆的腹

挺圆圆的腹

似坐着,又似立着

禅禅寂然的静坐,佛之庄严的肃立

似背着,又似面着

背深渊而面虚无

背虚无而临深渊

无所不背,君临于无视

无所不面

面面的静观

不是平面,是一立体

不是四方,而是圆,照应万方

圆通的感应,圆通的能见度

是一轴心,具有引力与光的辐射

挺圆圆的腹

清醒于假寐,假寐于清醒

自我的静中之动,无我的无功无静

存在于肯定中,亦存在予否定中

不是偶然,没有眉目

不是神祇,没有教义

是一存在,静止的存在,美的存在

而美形于意象,可见可感而不可确定的意象

是另一世界之存在

是古典、象征、立体、超现实与抽象

所混合的秩序,梦的秩序

诞生于造物者感兴的设计

显示于混沌而清明,抽象而具象的形体

存在于思维的赤裸与明晰

假寐七日,醒一千年

假寐千年,聚万年的冥想

化浑噩为灵明,化清晰为朦胧

群星与太阳在宇宙的大气中

典雅,古朴如昔

光焕,新鲜如昔

静止如之,澄明如之,浑然如之

每一寸都是光

每一寸都是美

无需假借

无需装饰

繁星森然

闪烁于夜晚,隐藏于白昼

无一物存在的白昼

太阳是其主宰

青空渺渺,深邃

而有不可穷究的富饶深藏

空灵在你腹中

是不可穷究的虚无

蛹的蜕变,花的繁开与谢落

蝶展翅,向日葵挥洒种子

演进、嬗递、循环无尽?

或如笑声之迸发与逝去,是一个刹那?

刹那接连刹那

日出日落,时间在变,而时间依然

你握时间的整体

容一宇宙的寂寞

在永恒的静止中,吐纳虚无

自适如一,自如如一,自在如一

而定于一

寓定一于孤独的变化中

不容分割

无可腐朽

——彻悟之后的静止

——大觉之后的存在

自在自如的

挺圆圆的腹

宇宙包容你

你腹中却孕育着一个宇宙

宇宙因你而存在

吹箫者

吹箫者木立酒肆中

他脸上累集着太平洋上落日的余晖

而眼睛却储藏着黑森森的阴暗

神情是凝定而冷肃

他欲自长长的管中吹出

山地的橙花香

他有弄蛇者的姿态

尺八是一蛇窟

七头小小的蛇潜出

自玲珑的孔中

缠绕在他的指间

昂着头,饥饿的呻吟

是饥饿的呻吟,亦是悠然的吟哦

悠然的吟哦是为忘怀疲倦

柔软而圆熟的音调

混合着夜的凄凉与颤栗

是酩酊的时刻

所有的意志都在醉中

吹箫者木立

踩自己从不呻吟的影子于水门汀上

象一颗钉,把自己钉牢于十字架上

以七蛇吞噬要吞噬他灵魂的欲望

且欲饮尽酒肆欲埋葬他的喧哗

他以不茫然的茫然一瞥

从一局棋的开始到另一局棋的终结

所有的饮者鼓动着油腻的舌头

喧哗着,如众卒过河

一个不曾过河的卒子

是喧哗不能否定的存在

每个夜晚,以不茫然的茫然

向哓哓不休的夸示胜利的卒子们

吹一阕镇魂曲

胡适

作者简介：胡适（1891—1962），曾用名嗣穈，字希疆，学名洪骍，后改名适，字适之，思想家、文学家、哲学家。安徽宣城绩溪人，倡导"白话文"和"白话诗"，是新文化运动的领导者。

蝴蝶

两个黄蝴蝶，双双飞上天。
不知为什么，一个忽飞还。
剩下那一个，孤单怪可怜。
也无心上天，天上太孤单。

希望

我从山中来，
带着兰花草；
种在小园中，
希望开花好。

一日望三回，
望到花时过；

急坏看花人,

苞也无一个。

眼见秋天到,

移花供在家;

明年春风回,

祝汝满盆花!

十一月二十四夜

老槐树的影子

在月光的地上微晃;

枣树上还有几个干叶,

时时做出一种没气力的声响。

西山的秋色几回招我,

不幸我被我的病拖住了。

现在他们说我快要好了,

那幽艳的秋天早已过去了。

梦与诗

都是平常经验,

都是平常影像,

偶然涌到梦中来，
变幻出多少新奇花样！

都是平常情感，
都是平常言语，
偶然碰着个诗人，
变幻出多少新奇诗句！

醉过才知酒浓，
爱过才知情重：——
你不能做我的诗，
正如我不能做你的梦。

湖上

水上一个萤火，
水里一个萤火，
平排着，
轻轻地，
打我们的船边飞过。
他们俩儿越飞越近，
渐渐地并作了一个。

一念

我笑你绕太阳的地球，一日夜只打得一个回旋；

我笑你绕地球的月亮，总不会永远团圆；

我笑你千千万万大大小小的星球，总跳不出自己的轨道线；

我笑你一秒钟行五十万里的无线电，总比不上我区区的心头一念！

我这心头一念

才从竹竿巷，忽到竹竿尖；

忽在赫贞江上，忽到凯约湖边；

我若真个害刻骨的相思，便一分钟绕遍地球三千万转！

从纽约省会（Albany）回纽约市

四百里的赫贞江，
从容的流下纽约湾，
恰像我的少年岁月，
一去了永不回还。

这江上曾有我的诗，
我的梦，我的工作，我的爱。
毁灭了的似绿水长流。

留住了的似青山还在。

无题

电报尾上他加了一个字,
我看了百分高兴。
树枝都像在跟着我发疯。
冻风吹来,我也不觉冷。

风呵,你尽管吹!
枯叶呵,你飞一个痛快!
我要细细的想想他,
因为他那个字是"爱"!

鲁迅

作者简介：鲁迅（1881—1936），原名周樟寿，字豫山，后改名周树人，改字豫才，浙江绍兴人，是杰出的文学家、思想家、民主战士，新文化运动的重要参与者，中国现代文学的奠基人。鲁迅是他最广为人知的笔名。

《野草》题辞

当我沉默着的时候，我觉得充实；我将开口，同时感到空虚。

过去的生命已经死亡。我对于这死亡有大欢喜，因为我借此知道它曾经存活。死亡的生命已经朽腐。我对于这朽腐有大欢喜，因为我借此知道它还非空虚。

生命的泥委弃在地面上，不生乔木，只生野草，这是我的罪过。

野草，根本不深，花叶不美，然而吸取露，吸取水，吸取陈死人的血和肉，各各夺取它的生存。当生存时，还是将遭践踏，将遭删刈，直至于死亡而朽腐。

但我坦然，欣然。我将大笑，我将歌唱。

我自爱我的野草，但我憎恶这以野草作装饰的地面。

地火在地下运行，奔突；熔岩一旦喷出，将烧尽一切野草，以及乔木，于是并且无可朽腐。

但我坦然，欣然。我将大笑，我将歌唱。

天地有如此静穆，我不能大笑而且歌唱。天地即不如此静穆，我或者也将不能。我以这一丛野草，在明与暗，生与死，过去与未来之际，献于友与仇，人与兽，爱者与不爱者之前作证。

为我自己，为友与仇，人与兽，爱者与不爱者，我希望这野草的死亡与朽腐，火速到来。要不然，我先就未曾生存，这实在比死亡与朽腐更其不幸。

去罢，野草，连着我的题辞！

影的告别

人睡到不知道时候的时候，就会有影来告别，说出那些话——

有我所不乐意的在天堂里，我不愿去；有我所不乐意的在地狱里，我不愿去；有我所不乐意的在你们将来的黄金世界里，我不愿去。

然而你就是我所不乐意的。

朋友，我不想跟随你了，我不愿住。

我不愿意！

呜呼呜呼，我不愿意，我不如彷徨于无地。

我不过一个影，要别你而沉没在黑暗里了。然而黑暗又会吞并我，然而光明又会使我消失。

然而我不愿彷徨于明暗之间，我不如在黑暗里沉没。

然而我终于彷徨于明暗之间，我不知道是黄昏还是黎明。我姑且举灰黑的手装作喝干一杯酒，我将在不知道时候的时候独自远行。

呜呼呜呼，倘是黄昏，黑夜自然会来沉没我，否则我要被白天消失，如果现是黎明。

朋友，时候近了。

我将向黑暗里彷徨于无地。

你还想我的赠品。我能献你甚么呢？无已，则仍是黑暗和虚空而已。但是，我愿意只是黑暗，或者会消失于你的白天；我愿意只是虚空，决不占你的心地。

我愿意这样，朋友——

我独自远行，不但没有你，并且再没有别的影在黑暗里。只有我被黑暗沉没，那世界全属于我自己。

希望

我的心分外地寂寞。

然而我的心很平安；没有爱憎，没有哀乐，也没有颜色和声音。

我大概老了。我的头发已经苍白，不是很明白的事么？我的手颤抖着，不是很明白的事么？那么我的灵魂的手一定也颤抖着，头发也一定苍白了。

然而这是许多年前的事了。

这以前，我的心也曾充满过血腥的歌声：血和铁，火焰和毒，恢复和报仇。而忽然这些都空虚了，但有时故意地填以没奈何的自欺的希望。希望，希望，用这希望的盾，抗拒那空虚中的暗夜的袭来，虽然盾后面也依然是空虚中的暗夜。然而就是如此，陆续地耗尽了我的青春。

我早先岂不知我的青春已经逝去？但以为身外的青春固在：星，月光，僵坠的蝴蝶，暗中的花，猫头鹰的不祥之言，杜鹃的啼血，笑的渺茫，爱的翔舞。……虽然是悲凉漂渺的青春罢，然而究竟是青春。

然而现在何以如此寂寞？难道连身外的青春也都逝去，世上的青年也多衰老了么？

我只得由我来肉薄这空虚中的暗夜了。我放下了希望之盾，我听到 Petfi Sándor（1823—1849）的"希望"之歌：

希望是什么？是娼妓：
她对谁都蛊惑，将一切都献给；
待你牺牲了极多的宝贝——
你的青春——她就抛弃你。

这伟大的抒情诗人，匈牙利的爱国者，为了祖国而死在可萨克兵的矛尖上，已经七十五年了。悲哉死也，然而更可悲的是他的诗至今没有死。

但是，可惨的人生！桀骜英勇如 Petfi，也终于对了暗夜止步，回顾茫茫的东方了。他说：

绝望之为虚妄，正与希望相同。

倘使我还得偷生在不明不暗的这"虚妄"中，我就还要寻求那逝去的悲凉漂渺的青春，但不妨在我的身外。因为身外的青春倘一消灭，我身中的迟暮也即凋零了。

然而现在没有星和月光，没有僵坠的蝴蝶以至笑的渺茫，爱的翔舞。然而青年们很平安。

我只得由我来肉薄这空虚中的暗夜了，纵使寻不到身外的青春，也总得自己来一掷我身中的迟暮。但暗夜又在那里呢？现在没有星，没有月光以至没有笑的渺茫和爱的翔舞；青年们很平安，而我的面前又竟至于并且没有真的暗夜。

绝望之为虚妄，正与希望相同！

雪

暖国的雨，向来没有变过冰冷的坚硬的灿烂的雪花。博识的人们觉得他单调，他自己也以为不幸否耶？江南的雪，可是滋润美艳之至了；那是还在隐约着的青春的消息，是极壮健的处子的皮肤。雪野中有血红的宝珠山茶，白中隐青的单瓣梅花，深黄的磬口的蜡梅花；雪下面还有冷绿的杂草。蝴蝶确乎没有；蜜蜂是否来采山茶花和梅花的蜜，我可记不真切了。但我的眼前仿佛看见冬花开在雪野中，有许多蜜蜂们忙碌地飞着，也听得他们嗡嗡地闹着。

孩子们呵着冻得通红，象紫芽姜一般的小手，七八个一齐来塑雪罗汉。因为不成功，谁的父亲也来帮忙了。罗汉就塑得比孩子们高得多，虽然不过是上小下大的一堆，终于分不清是壶卢还是罗汉，然而很洁白，很明艳，以自身的滋润相粘结，整个地闪闪地生光。孩子们用龙眼核给他做眼珠，又从谁的母亲的脂粉奁中偷得胭脂来涂在嘴唇上。这回确是一个大阿罗汉了。他也就目光灼灼地嘴唇通红地坐在雪地里。

第二天还有几个孩子来访问他；对了他拍手，点头，嘻笑。但他终于独自坐着了。晴天又来消释他的皮肤，寒夜又使他结一层冰，化作不透明的水晶模样；连续的晴天又使他成为不知道算什么，而嘴上的胭脂也褪尽了。

但是，朔方的雪花在纷飞之后，却永远如粉，如沙，他们决不粘连，撒在屋上，地上，枯草上，就是这样。屋上的雪是早已就有消化了的，因为屋里居人的火的温热。别的，在晴天之下，旋风忽来，便蓬勃地奋飞，在日光中灿灿地生光，如包藏火焰的大雾，旋转而且升腾，弥漫太空；使太空旋转而且升腾地闪烁。

在无边的旷野上，在凛冽的天宇下，闪闪地旋转升腾着的是雨的精魂……

是的，那是孤独的雪，是死掉的雨，是雨的精魂。

周作人

作者简介：周作人（1885—1967），原名櫆寿。字星杓，后改名奎绶，浙江绍兴人，现代散文家、诗人，文学翻译家，鲁迅二弟。"五四"时期任新潮社主任编辑，参加《新青年》的编辑工作，参与发起成立文学研究会。他的理论主张和创作实践在社会上产生了很大影响，成为新文化运动的重要代表人物之一。

慈姑的盆

绿盆里种下几颗慈姑，

长出青青的小叶。

秋寒来了，叶都枯了，

只剩了一盆的水。

清冷的水里，荡漾着两三根

飘带似的暗绿的水草。

时常有可爱的黄雀，

在落日里飞来，

蘸水悄悄地洗澡。

两个扫雪的人

阴沉沉的天气,

香粉一般白雪,下的漫天遍地。

  天安门外白茫茫的马路上,

  只有两个人在那里扫雪。

一面尽扫,一面尽下:

扫净了东边,又下满了西边,

扫开了高地,又填平了洼地。

全没有车辆踪影

  粗麻布的外套上,已结积了一层雪,

  他们两人还只是扫个不歇。

雪愈下愈大了;

上下左右,都是滚滚的香粉一般白雪。

  在这中间,仿佛白浪中浮着两个蚂蚁,

  他们两人还只是扫个不歇。

祝福你扫雪的人!

我从清早起,在雪地里行走,不得不谢谢你!

小河

一条小河,稳稳地向前流动。

经过的地方,两面全是乌黑的土;

生满了红的花，碧绿的叶，黄的果实。

一个农夫背了锄来，在小河中间筑起一道堰。

下流干了；上流的水被堰拦着，下来不得；

不得前进，又不能退回，水只在堰前乱转。

水要保他的生命，总须流动，便只在堰前乱转。

堰下的土，逐渐淘去，成了深潭。

水也不怨这堰，——便只是想流动，

想同从前一般，稳稳地向前流动。

一日农夫又来，土堰外筑起一道石堰。土堰坍了；

水冲着坚固的石堰，还只是乱转。

堰外田里的稻，听着水声，皱眉说道，——

"我是一株稻，是一株可怜的小草，

我喜欢水来润泽我，

怯怕他在我身上流过。

小河的水是我的好朋友；

他曾经稳稳的流过我面前，

我对他点头，他向我微笑。

我愿他能够放出了石堰，

仍然稳稳地流着，

向我们微笑；

曲曲折折的尽量向前流着，

经过两面地方，都变成一片锦绣。

他本是我的好朋友，

只怕他如今不认识我了；

他在地底呻吟,

听去虽然微细,却又如何可怕!

这不你我的朋友平日的声音,

——被轻风挽着走上沙滩来时,

快活的声音。

我只怕他这回出来的时候,

不认识从前的朋友了,——

便在我身上大踏步过去;

我所以正在这里忧虑。"

田边的桑树,也摇头说,——

"我生的高,能望见那条小河,——

他是我的好朋友,

他送清水给我喝,

使我能生肥绿的叶,紫红的桑葚。

他从前清澈的颜色,

现在变了青黑;

又是终年挣扎,脸上添许多痉挛的皱纹。

他只向下钻早没有工夫对了我点头微笑;

堰下的潭,深过了我的根了。

我生在小河旁边,

夏天晒不枯我的枝条。

冬天冻不坏我的根。

如今只怕我的好朋友,

将我带到沙滩上,

拌着他卷来的水草。

我可怜我的好朋友,

但实在也为我自己着急。"

田里的草和虾蟆。听了两下的话,

也都叹气,各有他们自己的心事。

水只在堰前乱转;

坚固的石堰,还是一毫不摇动。

筑堰的人,不知到哪里去了。

刘半农

作者简介：刘半农（1891—1934），原名寿彭，后名复，初字半侬，后改半农，晚号曲庵，江苏江阴人，中国新文化运动先驱。

教我如何不想她

天上飘着些微云，
地上吹着些微风。
啊！
微风吹动了我头发，
教我如何不想她？

月光恋爱着海洋，
海洋恋爱着月光。
啊！
这般蜜也似的银夜，
教我如何不想她？

水面落花慢慢流，
水底鱼儿慢慢游。

啊！

燕子你说些什么话？

教我如何不想她？

枯树在冷风里摇。

野火在暮色中烧。

啊！

西天还有些儿残霞，

教我如何不想她？

落叶

秋风把树叶吹落在地上，

它只能悉悉索索，

发几阵悲凉的声响。

它不久就要化作泥；

但它留得一刻，

还要发一刻的声响，

虽然这已是无可奈何的声响了，

虽然这已是它最后的声响了。

敲冰

零下八度的天气,
结着七十里路的坚冰,
阻碍着我愉快的归路
水路不得通,
旱路也难走。
冰!
我真是奈何你不得!
我真是无可奈何!

无可奈何,
便与撑船的商量,
预备着气力,
预备着木槌,
来把这坚冰打破!
冰!
难道我与你,
有什么解不了的冤仇?
只是我要赶我的路,
便不得不打破了你,
待我打破了你,
便有我一条愉快的归路。

撑船的说"可以"！
我们便提起精神，
合力去做——
是合着我们五个人的力，
三人一班的轮流着，
对着那艰苦的，不易走的路上走！

有几处的冰，
多谢先走的人，
早已代替我们打破；
只剩着浮在水面上的冰块儿，
轧轧的在我们船底下剉过，
其余的大部份，
便须让我们做"先走的"：
我们打了十槌八槌，
只走上一尺八寸的路
但是，
打了十槌八槌，
终走上了一尺八寸的路！
我们何妨把我们痛苦的喘息声，
欢欢喜喜的，
改唱我们的"敲冰胜利歌"。

敲冰！敲冰！

敲一尺，进一尺！

敲一程，进一程！

懒怠者说：

"朋友，歇歇罢！

何苦来？"

请了！

你歇你的，

我们走我们的路！

怯弱者说：

"朋友，歇歇罢！

不要敲病了人，

刮破了船。"

多谢！

这是我们想到，却不愿顾到的！

缓进者说：

"朋友，

一样的走，何不等一等？

明天就有太阳了。"

假使一世没有太阳呢？

"那么，傻孩子！

听你们去罢！"

这就很感谢你。

敲冰！敲冰！

敲一尺，进一尺！

敲一程，进一程！

这个兄弟倦了么？——

便有那个休息着的兄弟来换他。

肚子饿了么？——

有黄米饭，

有青菜汤。

口喝了么？——

冰底下有无量的清水；

便是冰块，

也可以烹作我们的好茶。

木槌的柄敲断了么？

那不打紧，

舱中拿出斧头来，

岸上的树枝多着。

敲冰！敲冰！

我们一切都完备，

一切不恐慌，

感谢我们的恩人自然界。

敲冰！敲冰！

敲一尺，进一尺！

敲一程，进一程！

从正午敲起,

直敲到漆黑的深夜。

漆黑的深夜,

还是点着灯笼敲冰。

刺刺的北风,

吹动两岸的大树,

化作一片怒涛似的声响。

那便是威权么?

手掌麻木了,

皮也刬破了;

臂中的筋肉,

伸缩渐渐不自由了;

脚也站得酸痛了;

头上的汗,

涔涔的向冰冷的冰上滴,

背上的汗,

被冷风被袖管中钻进去,

吹得快要结成冰冷的冰;

那便是痛苦么?

天上的黑云,

偶然有些破缝,

露出一颗两颗的星,

闪闪缩缩,

像对着我们霎眼,

那便是希望么?

冬冬不绝的木槌声,

便是精神进行的鼓号么?

豁剌豁剌的冰块剹船声,

便是反抗者的冲锋队么?

是失败者最后的奋斗么?

旷野中的回声,

便是响应么?

这都无须管得;

而且正便是我们,

不许我们管得。

敲冰!敲冰!

敲一尺,进一尺!

敲一程,进一程!

冬冬的木槌,

在黑夜中不绝的敲着,

直敲到野犬的呼声渐渐稀了;

直敲到深树中的猫头鹰,

不唱他的"死的圣曲"了;

直敲到雄鸡醒了;

百鸟鸣了;

直敲到草原中,

已有了牧羊儿歌声;

直敲到屡经霜雪的枯草，

已能在熹微的晨光中，

表露他困苦的颜色！

好了！

黑暗已死，

光明复活了！

我们怎样？

歇手罢？

哦！

前面还有二十五里路！

光明啊！

自然的光明，

普遍的光明啊！

我们应当感谢你，

照着我们清清楚楚的做。

但是，

我们还有我们的目的；

我们不应当见了你便住手，

应当借着你力，

分外奋勉，

清清楚楚的做。

敲冰！敲冰！

敲一尺，进一尺！

敲一程，进一程！

黑夜继续着白昼，

黎明又继续着黑夜，

又是白昼了，

正午了，

正午又过去了！

时间啊！

你是我们唯一的，真实的资产。

我们倚靠着你，

切切实实，

清清楚楚的做，

便不是你的戕贼者。

你把多少分量分给了我们，

你的消损率是怎样，

我们为着宝贵你，

尊重你，

更不忍分出你的肢体的一部分来想他，

只是切切实实，

清清楚楚的做。

正午又过去了，

暮色又渐渐的来了，

然而是——

"好了！"

我们五个人,

一齐从胸臆中,

迸裂出来一声"好了!"

那冻云中半隐半现的太阳,

已被西方的山顶,

掩住了一半。

淡灰色的云影,

淡赭色的残阳,

混合起来,

恰恰是——

唉!

人都知道的——

是我们慈母的笑,

是她疼爱我们的苦笑!

她说:

"孩子!

你乏了!

可是你的目的已达了!

你且歇息歇息罢!"

于是我们举起我们的痛手,

挥去额上最后的一把冷汗;

且不知不觉的,

各各从胸臆中,

迸裂出来一声究竟的:

（是痛苦换来的）

"好了！"

"好了！"

我和四个撑船的，

同在灯光微薄的一张小桌上，

喝一杯黄酒，

是杯带着胡桃滋味的家乡酒，

人呢？——倦了。

船呢？——伤了。

大槌呢？——断了又修，修了又断。

但是七十里路的坚冰？

这且不说，

便是一杯带着胡桃滋味的家乡酒，

用沾着泥与汗与血的手，

擎到嘴边去喝，

请问人间：

是否人人都有喝到的福？

然而曾有几人喝到了？

"好了！"

无数的后来者，你听见我们这样的呼唤么？

你若也走这一条路，

你若也走七十一里，

那一里的工作,

便是你们的。

你若说:

"等等罢!

也许还有人来替我们敲。"

或说:

"等等罢!

太阳的光力,

即刻就强了。"

那么,

你真是胡涂孩子!

你竟忘记了你!

你心中感谢我们的七十田么?

这却不必,

因为这是我们的事。

但是那一里,

却是你们的事。

你应当奉你的木槌为十字架,

你应当在你的血汗中受洗礼,

…………

你应当喝一杯胡桃滋味的家乡酒,

你应当从你胸臆中,

迸裂出来一声究竟的"好了!"

在一家印度饭店里

一

这是我们今天吃的食,这是佛祖当年乞的食。

这是什么?是牛油炒成的棕色饭。

这是什么?是芥厘拌的薯和菜。

这是什么?是"陀勒",是大豆做成的,是印度的国食。

这是什么?是蜜甜的"伽勒毗",是莲花般白的乳油,是真实的印度味。

这雪白的是盐,这袈裟般黄的是胡椒,这罗毗般的红的是辣椒末。

这瓦罐里的是水,牟尼般亮,"空"般的清,"无"般的洁,这是泰晤士中的水,但仍是恒伽河中的水?!

二

一个朋友向我说:你到此间来,你看见了印度的一线。

是,——那一线赭黄的,是印度的温暖的日光;那一线茶绿的,是印度的清凉的夜月。

多谢你!——你把我去年的印象,又搬到了今天的心上。

那绿沉沉的是你的榕树荫,我曾走倦了在它的下面休息过;那金光闪闪的是你的静海,我曾在它胸膛上立过、坐过,闲闲的躺过,低低的唱过,悠悠的想过;那白蒙蒙的是你亚当峰头的雾,我曾天没亮就起来,带着模模糊糊的晓梦赏玩过。

那冷温润的,是你摩利迦东陀中的佛地:它从我火热的脚底,一些些的直清凉到我心地里。

多谢你，你给我这些个；但我不知道——你平原上的野草花，可还是自在的红着？你的船歌，你村姑牧子们唱的歌（是你美神的魂，是你自然的子），可还在村树的中间，清流的底里，回响着些自在的欢愉，自在的痛楚？

那草乱萤飞的黑夜，苦般罗又怎样的走进你的园？怎样的舞动它的舌？

朋友，为着我们是朋友，请你告诉我这些个。

在墨蓝的海洋深处

在墨蓝的海洋深处，
暗礁的底里，
起了一些些的微波，
我们永世也看不见。
但若推算它的来因与去果，它可直远到世界的边际啊！
在星光死尽的夜，
荒村破屋之中，
有什么个人呜呜的哭着，我们也永世听不见。
但若推算它的来因与去果，一颗颗的泪珠，都可挥洒到人间的边际啊！
他，或她，只偶然做了个悲哀的中点。
这悲哀的来去聚散，
都经过了，

穿透了我的，你的，一切幸运的，不幸运者的心，

可是我们竟全然不知道！

这若不是人间的耻辱么？

可免不了是人间最大的伤心啊！

诗神

诗神！

你也许我做个诗人么？

　　你用什么写你的诗？

用我的血，

用我的泪。

　　写在什么上面呢？

写在嫣红的花上面，

　　日已是春残花落了。

写在银光的月上面，

　　早已是乌啼月落了。

写在水上面，

水自悠悠的流去了。

写在云上面，

　　云自悠悠的浮去了。

那么用我的泪，写在我的泪珠上；

用我的血，写在我的血球上。

哦！小子，

诗人之门给你敲开了,

诗人之冢许你长眠了。

E 弦

提琴上的G弦,一天向E弦说:

"小兄弟,你声音真好,真漂亮,真清,真高,

可是我劝你要有些分寸儿,不要多噪。

当心着,力量最单薄,最容易断的就是你!"

E 弦说:

"多谢老阿哥的忠告。

但是,既然做了弦,就应该响亮,应该清高,应该不怕断。

你说我容易断,世界上却也并没有永远不断的你!"

陈梦家

作者简介:陈梦家(1911—1966),曾用笔名陈慢哉,浙江上虞人,现代著名考古学家、诗人。

一朵野花

一朵野花在荒原里开了又落了,
不想这小生命,向着太阳发笑,
上帝给他的聪明他自己知道,
他的欢喜,他的诗,在风前轻摇。

一朵野花在荒原里开了又落了,
他看见青天,看不见自己的渺小,
听惯风的温柔,听惯风的怒号,
就连他自己的梦也容易忘掉。

雁子

我爱秋天的雁子,
　　终夜不知疲倦;
　　　(像是嘱咐,像是答应,)

一边叫,一边飞远。

从来不问他的歌,
　　留在哪片云上,
　　只管唱过,只管飞扬——
　　黑的天,轻的翅膀。

我情愿是只雁子,
　　一切都使忘记——
当我提起,当我想到,
不是恨,不是欢喜。

雨中过二十里铺

水车上停着的乌鸦,
什么事不飞呀?飞呀!
葫芦爬上茅顶不走了,
雨落在葫芦背上流。
静静的老牛不回家
在田塍上听雨下。

草屯后走来一群
白鹅,在菱塘里下碇。
小村姑荷叶做蓑衣,

采采红梦罢，云在飞呢！

雨，洗净了红菱，洗净

那一双藕白的雪胫。

鸡鸣寺的野路

这是座往天上的路

夹着两行撑天的古树；

   烟样的乌鸦在高天飞，

   钟声幽幽向着北风追；

我要去，到那白云层里，

那儿是苍空，不是平地。

大海，我望见你的边岸，

山，我登在你峰头呼喊……

   劫风吹没千载的城廓，

   何处再有凤毛与麟角？

我要去，到那白云层里，

那儿是苍空，不是平地。

铁马的歌

天晴，又阴，

轻的像浮云，

隐逸在山林:
丁宁，丁宁，

不祈祷风，
不祈祷山灵。
风吹时我动，
风停，我停。

没有忧愁，
也没有欢欣；
我总是古旧，
总是清新。

有时低吟
清素的梵音，
有时我呼应
鬼的精灵。

我赞扬春，
地土上的青，
也祝福秋深，
绿的凋零。

我是古庙

一个小风铃,
太阳向我笑,
绣上了金。

也许有天
上帝教我静,
我飞上云边,
变一颗星。

天晴,天阴,
轻的像浮云,
隐逸在山林:
丁宁,丁宁。

小庙春景

要太阳光照到
我瓦上的三寸草,
要一年四季
雨顺风调。

让那根旗杆
倒在败墙上睡觉,
让爬山虎爬在

它背上,一条,一条,……
我想在百衲衣上
捉虱子,晒太阳;
我是菩萨的前身,
这辈子当了和尚。

杨唤

作者简介：杨唤（1930—1954）原名杨森，辽宁兴城人，台湾现代派诗人、台湾现代儿童诗的先驱。主要作品有：诗集《风景》《杨唤诗集》《水果们的晚会》。

我是忙碌的

我是忙碌的，
我是忙碌的，

我忙于摇醒火把，
我忙于雕塑自己，
我忙于活动行进的鼓钹，
我忙于吹响迎春的芦笛，
我忙于拍发幸福的预报，
我忙于采访真理的消息，
我忙于招生命的树移植于战斗的丛林，
我忙于把发酵的血酿成爱的汁液。

直到有一天我死去，
象尾色睡眠于微笑的池沼，

我才会熄灯休息，
我，才有一个美好的完成，
如一册诗集；
而那覆盖我的大地，
就是那诗集的封皮。

我是忙碌的，
我是忙碌的。

乡愁

在从前，我是王，是快乐而富有的，
邻家的公主是我美丽的妻。
我们收获高粱的珍珠，玉蜀黍的宝石，
还有那挂满在老榆树上的金纸。

如今呢？如今我一贫如洗。
流行歌曲和霓虹灯使我的思想贫血。
站在神经错乱的街头，
我不知道该走向哪里。

垂灭的星

轻轻地，我想轻轻地

用一把银色的裁纸刀

割断那象蓝色的河流的静脉,

让那忧郁和哀愁

愤怒地泛滥起来。

对着一照垂灭的星,

我忘记了爬在脸上的泪。

花与果实

花是无声的音乐,

果实是最动人的书籍,

当他们在春天演奏,秋天出版,

我的日子被时计的齿轮,

给无情地啮咬、绞伤;

庭中便飞散着我的心的碎片,

阶下就响起我的一片叹息。

饶孟侃

作者简介：饶孟侃（1902—1967），字子离，江西南昌人，中国现代诗人、外国文学研究家。新月派成员之一，曾任四川大学、中国人民大学、北京外交学院等机构教授。

招魂

——吊亡友杨子惠

来，你不要迟疑，
趁此刻鸡还没有啼；
你瞧远远一点灯光，
渔火似的一暗一亮——
那灯下是我在等你。
来，你不要迟疑！
来，为什么徘徊？
我泡一壶茶等你来。
你看这一只只白鹤，
一只只在壶上飞着，
是不是往日的安排？
来，为什么徘徊？
来，用不着犹夷；

趁我在发愣没想起，
你只管轻轻的进来，
你落叶飘下了庭阶，
冷不防给我个惊喜。
来，用不着犹夷！

呼唤

有一次我在白杨林中，
听到亲切的——呼唤；
那时月光正望着翁仲，
翁仲正望着我看。
再听不到呼唤的声音，
我吃了一惊，四面寻找；——
翁仲只是对月光出神，
月光只对我冷笑。

于赓虞

作者简介：于赓虞（1902—1963），河南西平人，新月派诗人、著名翻译家，名舜卿，以字行世。"绿波社"创立者之一，《绿波周报》《绿波季刊》创办人。曾赴英研究，在英期间著有《诗论》《雪莱的婚姻》《雪莱的罗曼史》，后任河南大学文史系副教授，著有诗集《骷髅上的蔷薇》《孤灵》等。

秋晨

别了，星霜漫天的黑夜，
我受了圣水难洗的苦辈，
你方从我的背上踏过，
欢迎啊，东曙，你又已复活！

在这最后的瞬间，我睁眼
双手抱住太阳的脚，看
叶颤，花舞，听市声沉醉，
直到落下欢欣的眼泪！

影

看，那秋叶在明媚的星月下正飘零，
与你邂逅相逢于此残秋荒岸之夜中，
星月分外明，忽聚忽散的云影百媚生。

看，那秋叶在明媚的星月下正飘零，
我沦落海底之苦心在此寂寂的夜茔，
将随你久别的微笑从此欢快而光明。

苍空孤雁的生命深葬于孤泣之荒冢，
美丽的蔷薇开而后谢，残凋而复生，
告诉我，好人，什么才象是人的生命？

这依恋的故地将从荒冬回复青春，
海水与云影自原始以来即依依伴从，
告诉我，好人，什么才象是人的生命？

夜已深，霜雾透湿了我的外衣，你的青裙，
紧紧的相依，紧紧的相握，沉默，宁静，
仰首看孤月寂明，低头看苍波互拥。

夜已深，霜雾透湿了我的外衣，你的青裙，
寂迷中古寺的晚钟惊醒了不灭的爱情，
山海寂寂，你的影，我的影模糊不分明……

潘漠华

作者简介：潘漠华（1902—1934），原名训，宣平（今属武义）人。1920年入浙江省立第一师范求学。1921、1922年与同学先后发起成立文学团体"晨光社""湖畔诗社"。著有诗集《湖畔》（与应修人、汪静之、冯雪峰合著）、《春的歌集》（与应修人、冯雪峰合著）。

再生

我想在我底心野，
再扌离①拢荒草与枯枝，
寥廓苍茫的天宇下，
重新烧起几堆野火。
我想在将天明时我的生命，
再吹起我嘹亮的画角，
重招拢满天的星，
重画出满天的云彩。
我想停唱我底挽歌，
想在我底挽歌内，
完全消失去我自己，
也完全再生我自己。

注：①多版本作扌离，疑为摛。

离家

我底衫袖破了
我母亲坐着替我补缀
伊针针引着纱线
却将伊底悲苦也缝了进去

我底头发太散乱了
姊姊说这样出外去不太好看
也要惹人家底讨厌
伊拿了头梳来替我梳理
后来却也将伊底悲苦梳了进去

我们离家上了旅路
走到夕阳傍山红的时候
哥哥说我走得太迟迟了
将要走不尽预定的行程
他伸手牵头我走
但他底悲苦
又从他微微颤跳的手掌心传给了我

现在就是碧草红云的现在啊

离家已有六百多里路

母亲底悲苦从衣缝里出来

姊姊底悲苦,从头发里出来

哥哥底悲苦,从手掌心里出来

他们结成一个缜密的悲苦的网

将我整个网着在那儿了

应修人

作者简介：应修人（1900—1933）现代诗人，浙江慈溪人。二十年代初与潘漠华、冯雪峰、汪静之等组织湖畔诗社，合出新诗集《湖畔》《春的歌集》。解放后，出版有《应修人、潘漠华选集》。

到邮局去

异样闪眼的繁的灯。
异样醉心的轻的风。
我带着那封信，
那封紧紧的封了的信。
异样闪眼的繁的灯。
异样醉心的轻的风。
手指儿近了信箱时，
再仔细看看信面字。

妹妹你是水

妹妹你是水——
你是清溪里的水。
无愁地镇日流，

率真地长是笑,
自然地引我忘了归路了。

妹妹你是水——
你是温泉里的水。
我底心儿他尽是爱游泳,
我想捞回来,
烫得我手心痛。

妹妹你是水——
你是荷塘里的水。
借荷叶做船儿,
借荷梗做篙儿,
妹妹我要到荷花深处来!

刘梦苇

作者简介：刘梦苇（1900—1926），原名刘国钧，湖南安乡人。20世纪20年代初，在湖南《大公报》副刊发表新诗。1923年夏，在南京组织"飞鸟社"，创办《飞鸟》季刊，发表成名诗作《吻之三部曲》。

铁路行

我们是铁路上面的行人，
爱情正如两条铁平行。
许多的枕木将它们牵连，
却又好象在将它们离间。

我们的前方象很有希望，
平行的爱轨可继续添长；
远远的看见前面已经交抱，
我们便努力向那儿奔跑。

我们奔跑到交抱的地方，
那铁轨还不是同前一样？
遥望前面又是相合未分，
便又勇猛的向那儿前进。

爱人只要前面还有希望,
只要爱情和希望样延长:
誓与你永远的向前驰驱,
直达这平行的爱轨尽处。

示娴

请将你的心比一比我的心:
看到底谁的狠,谁的硬,谁的冷?
为你我已经憔悴不成人形。
啊娴!到如今你才问我一声:
你当真爱了我吗?人你当真?

但我终难相信爱人会爱成病,
你还在这般怀疑我的病深。
啊娴!你把世界看得太无情。
今后只有让我的墓草证明,
它们将一年一年为你发青。

最后的坚决

今天我才认识了命运的颜色,
——可爱的姑娘,请您用心听;

不再把我的话儿当风声!——
今天我要表示这最后的坚决。

我的命运有一面颜色红如血;
——可爱的姑娘,请您看分明,
不跟瞧我的信般不留神!——
我的命运有一面黑如墨。

那血色是人生的幸福的光泽;
——可爱的姑娘,请您为我鉴定,
莫谓这不干您什么事情!——
那墨色是人生的悲惨的情节。

您的爱给了我才有生的喜悦;
——可爱的姑娘,请与我怜悯,
莫要把人命看同鹅绒轻!——
您的爱不给我便是死的了结。

假使您心冷如铁地将我拒绝;
——可爱的姑娘,这您太无情,
但也算替我决定了命运!——
假使您忍心见我命运的昏黑。

这倒强似有时待我夏日般热;

——可爱的姑娘,有什么定难?
倘上帝特令您来作弄人!——
这倒强似有时待我如岭上雪。

王独清

作者简介：王独清（1898—1940），陕西蒲城人。出版的诗集有《圣母像前》（1926）、《死前》（1927）、《威尼斯》（1928）、《零乱章》（1933）等。

我从Cafe中出来

我从 Cafe 中出来，
身上添了
中酒的
疲乏，
我不知道
向哪一处走去，才是我底
暂时的住家……
啊，冷静的街衢，
黄昏，细雨！

我从 Cafe 中出来，
在带着醉
无言地
独走，

我底心内

感着一种，要失了故国的

浪人底哀愁……

啊，冷静的街衢，

黄昏，细雨！

月光

Pes Amica Silentia Lunae

—— Vergilius

月儿，你像向著海面展笑，

在海面上画出了银色的装饰一条。

这装饰画得真是奇巧，

简直是造下了，造下了一条长桥。

风是这样的轻轻，轻轻，

把海面吻起了颤抖的叹息。

月儿，你底长桥便像是有了弹性，

忽高忽低地只在闪个不停。

哦，月儿，我愿踏在你这条桥上，

就让海底叹息把我围在中央，

我好一步一步地踏著光明前往，

好走向，走向那辽远的，人不知道的地方……

吊罗马

一

我趁著满空湿雨的春天,
来访这地中海上的第二长安!
听说这儿是往昔许多天才底故家,
听说这儿养育过发扬人类的文化,
听说这儿是英雄建伟业的名都,
听说这儿光荣的历史永远不朽……
哦,雨只是这样迷蒙的不停,
我底胸中也像是被才潮的泪在浸润!
——恼人的雨哟,愁人的雨哟,
你是给我洗尘?还是助我吊这荒凉的古城?

我要痛哭,我要力竭声嘶地痛哭!
我要把我底心脏一齐向外呕吐!
既然这儿像长安一样,陷入了衰颓,败倾,
既然这儿像长安一样,埋著旧时的文明,
我,我怎 ①不把我底热泪,我 nostalgia② 底热泪,
借用来,借用来尽性地洒,尽情地挥?

雨只是这样迷蒙的不停,
我已与伏在雨中的罗马接近:

啊啊，伟大的罗马，威严的罗马，雄浑的罗马！

我真想把我哭昏，拼我这一生来给你招魂……

二

我看见罗马城边的 Tiberis③ 河，

忽想起古代的传说：

那 Rhea Silvia④ 底双生儿

不是曾在河上漂过！

那个名叫 Romulus⑤ 的，

正是我怀想的人物。

他不愿同他底兄弟调和，

只独自把他理想中的都城建作。

他日夜不息，

他风雨不躲；

他筑起最高的围墙，

他开了最长的沟壑……

哦，像那样原人时代创造的英雄哟，

在今日繁殖的人类中能不能寻出一个！

我看见罗马城边的山原，

忽想起古代那些诗人：

他们赤著双脚，

他们袒著半胸，

他们手持著软竿

躯著一群白羊前进。

他们一面在那原上牧羊，

一面在那原上独吟……

他们是真正的创作者，

也是真正的平民。

哦，可敬的人们，

怎 ① 今日全无踪影？

——原上的草哟，

你们还在为谁长青？

三

啊，现在我进了罗马了

我底全神经好像在爆！

啊，这就是我要徘徊的罗马了！

……

罗马城，罗马城，使人感慨无穷的罗马城。

你底遗迹还是这样的宏壮而可惊！

我踏著产生文物典章的拉丁旧土，

徘徊於建设光荣伟业的七丘之中：

啊啊，我久怀慕的"七丘之都"哟，

往日是怎样的繁华，怎样的名胜，

今日，今日呀，却变成这般的凋零！

就这样地任它乱石成堆！

就这样地任它野草丛生！

那富丽的宫殿，可不就是这些石旁的余烬？

那歌舞的美人，可不就是这些草下的腐尘？

不管它驻过许多说客底激昂辩论，

不管它留过千万人众底合欢掌声，

现在都只存了些销散的寂寞，

现在都只剩了些死亡的沉静……

除了路边行人不断的马蹄车轮，

再也听不见一点儿城中的喧声！

爱国的豪杰，行暗杀的志士，光大民族的著作者，

都随著那已去的荣华，随著已去的荣华而退隐；

荣华呀，荣华是再不能归来，

他们，也是永远地无处可寻！

看罢！表彰帝王威严的市政之堂

只有些断柱高耸，残阶平横；

看罢！奖励英雄功绩的饮宴之庭

只有些黄土满拥，荒藤紧封；

看罢！看罢！一切代表盛代的，代表盛代的建筑物，

都只留得些败垣废墟，摆立在野地里受雨淋，风攻……

哦，雨，洗这"七丘之都"的雨！

哦，风，扫这拉丁旧土的风！

古代的文明就被风雨这样一年一年地洗完，扫净！

哦哦，古代的文明！古代文明是由诚实，勇力造成！

但是那可敬爱的诚实的人们，勇力的人们，

现在的世界，他们为甚①便不能生存？

哦哦，现代世界的人类是怎样堕落不振！
现代的罗马人呀，那里配作他们底子孙！
Cato哟，Cicero哟，Caesar哟，Augustus⑥哟，
唉，代表盛代人物底真正苗裔，怎便一概绝尽！
……

四

徘徊呀徘徊！
我底心中郁著难吐的悲哀！
看这不平的山岗，
这清碧的河水，
都还依然存在！
为甚开这山河的人呀！
却是一去不回！

这一处是往日出名的大竞技场，
我记起了建设这工程的帝王：
Veapasianus⑦是真正令人追想，
他那创造时代的伟绩，
永远把夸耀留给这残土的古邦！
这一处是靠近旧Forum⑧的凯旋门，
在这一望无涯的断石垒垒中
我好像看见了Titus底英魂：
当他出征远方的功业告定，

回国时，他回国时，

这直达 Viasacra 的大道之上，

是怎样的拥满了群众，在狂呼，欢迎！

这一处是矗立云表的圆碑，

Trajanus⑨底肖像在顶上端立：

我看了这碑间雕刻的军马形迹，

我全身是禁不住的震慑，

震慑於他住日的盖世雄威！

……

徘徊呀徘徊！

过去那黄金般的兴隆难再！

但这不平的山岗，

这清碧的河水，

都还未曾崩坏！

我只望这山河底魂呀！

哦，速快地归来！

五

归来哟，罗马魂！

归来哟，罗马魂！

你是到那儿去游行？

东方的 Euphrates⑩河？

西方大西洋底宏波？

南方 Sahara⑪ 底沙漠？

北方巴尔干山脉底丛杂之窝？

哦，那一处不留著往日被你征服的血痕？

难道今日你为饥饿所迫，竟去寻那些血痕而吞饮？

你可听见尼罗河中做出了快意的吼声？

你可听见 Carthago⑫ 底焦土上吹过了嘲笑的腥风？

哦，归来哟，归来哟！

你若不早归来，你底子孙将要长死在这昏沉的梦中？

——唉唉，Virgilius 与 Horatsius⑬ 底天才不存！

Livius 底伟大名作也佚散殆尽！

这长安一样的旧都呀，

这长安一样的旧都呀，

我望你再兴，啊，再兴！再兴！

注：①：原文空格。②：原意为一种疾病，后形容乡愁、怀旧。③：河名，在罗马。④：传说罗马的缔造者罗穆卢斯(Romulus)和瑞摩斯(Remus)是战神玛尔斯和祭司雷亚·西尔维亚(Rhea Silvia)的双胞胎儿子。⑤：见上条注释。⑥：Cato（老加图）、Cicero（西塞罗）、Caesar（凯撒）、Augustus（奥古斯都）均为罗马的著名人物。⑦：Vespasianus 与下文 Titus 均指罗马皇帝、大竞技场的建造者维斯帕西安。⑧：Forum 及下文 Viasacra 均为罗马地名或场所名。⑨应作 Traianus，指罗马贤王图拉真。⑩：幼发拉底河。⑪：撒哈拉沙漠。⑫：迦太基。⑬：Virgilius 与 Horatsius、Livius 均为罗马著名学者。

但丁墓前

现在我要走了（因为我是一个飘泊的人）！
唉，你收下罢，收下我留给你的这个真心！
  我把我底心留给你底头发，
  你底头发是我灵魂底住家；
  我把我底心留给你底眼睛，
  你底眼睛是我灵魂底坟茔……
我，我愿作此地底乞丐，忘去所有的忧愁，
在这出名的但丁墓旁，用一生和你相守！
  可是现在除了请你把我底心收下，
  便只剩得我向你要说的告别的话！
    Addio, mia bella！①

现在我要走了（因为我是一个飘泊的人）！
唉，你记下罢，记下我和你所经过的光阴！
  那光阴是一朵迷人的香花，
  被我用来献给了你这美颊；
  那光阴是一杯醉人的甘醇，
  被我用来供给了你这爱唇……
我真愿作此地底乞丐，弃去一切的忧愁，
在我倾慕的但丁墓旁，到死都和你相守！
  可是现在我惟望你把那光阴记下，

此外应该说的只有平常告别的话！

　　　　Addio, mia Cara！②

注：①：意大利语，为离别致候之意。②：意大利语，大意为再见亲爱的。

王统照

作者简介：王统照（1897—1957），字剑三，笔名息庐、容庐。现代作家。山东诸城人。著有诗集《童心》《夜行集》《横吹集》《江南曲》《这时代》《鹊华小集》《王统照诗选》等。

小诗

多年的秋灯之前，
一夕的温软之语，
如今随著飞尘散去，
不知那时的余音，
又落在谁的心里？

花影

花影瘦在架下，
人影瘦在墙里，
是三月的末日了，
独有个黄莺在枝上鸣著。

小的伴侣

瓶中的紫藤,

落了一茶杯的花片。

有个人病了,

只有个蜂儿在窗前伴他。

虽是香散了,

花也落了,

但这才是小的伴侣啊!

雪莱墓上

东风吹逗着柔草的红心,

西风咽没了夜莺的尖唱。

春与秋催送去多少时光,

他忘不了清波与银辉的荡漾。

墙外,金字塔尖顶塔住斜阳。①

墙里,长春藤蔓枝寂静生长。

一片飞花懒吻着轻蝶的垂翅,

花粉,蘸几点青痕霉化在墓石苔上。

安排一个热情诗人的幻境:远寺钟声;

小窗下少女织梦；绿芜上玫瑰娇红；

野外杉松低吹着凄清的笙簧；

黄昏后，筛落的月影曳动轻轻。

"心中心"②，安眠后当不曾感到落寞？

一位叛逆的少年他早等待在那个角落③。

左面有老朋友永久的居室，

在生命里，那个心与诗人的合成一颗④。

"对于他没曾有一点点的损伤，

忍受着大海的变化，从此更丰饶、奇异。"⑤

墓石上永留的诗句耐人寻思，

墓石下的幽魂也应有一声合意的叹息？

诗的热情燃烧着人间一切。

教义的铁箍，自由锁炼，

欲的假面，黑暗中的魔法，

是少年都应分在健步下踏践。

他们听见了你的名字（自由）的光荣欢乐。

　　正在清晨新生的明辉上，

　　　超出了地面的群山，

从一个个的峰尖跳过。⑥

"不为将来恐怖，也不为过去悲苦，"

长笑着有"当前"的挣扎,

擎得住时间中变化的光华,

趁气力撒一把金彩地飞雨。

美丽,庄严,强力,这里有活跃的人生!

一串明珠找不出缺陷,污点,

在窟洞里也能照穿黑暗,

人生!——逃出窟洞,才可见一天晴明。

爱与智能,双只蹑逐着诗人的身影,

挣脱了生活枷锁;热望着过去光荣。

是思想争斗的前峰,曾不回头,

把被热血洗过的标枪投在沙中。

"水在飞流,冰雹掷击,

电光闪耀,雪浪跳舞——

　　　　离开罢!

旋风怒吼,雷声虩虩,

森林摇动,寺钟响起——

　　　　离开前来罢!"⑦

"去罢;离开了你,我的祖国。

那里,到处是吃人者奏着凯歌,

我们一时撕不开伪善的网罗,

过海去，任凭着生命的飘泊。

"南方——碧滟滟远通的海波，曾经
因战斗血染过的山，河。古城里
阳光温丽，——阳光下开放着
争自由的芬芳花萼。"

生命，他明白那终是一片凋落的秋叶，
可要在秋风蹈里，眩耀着
春之艳丽，夏之绿缛，——不灭的光洁；
才能写出生命永恒的诗节。

司排资亚的水面，一夜间
被悲剧的尾声掉换了颜色。⑧
漩浪依然为自由前进，
碧花泡沫激起了一个美发诗身。

去罢！
生命旋律与雄壮的海乐合拍。
去罢！
是那里晨钟远引着自由的灵魂。
抱一颗沸腾心，还让它埋在故国，
大海，明月，永伴着那一点沸腾的光辉。

我默立在卧碑前一阵怅惘！
看西方一攒树顶拖上一卷苍茫。

没带来一首挽歌，一束花朵，
争自由的精神，永耀着——金色里一团霞光。
墙外，金字塔尖顶搭住斜阳，
墙里，长春藤静静地生长。
守坟园的少年草径上嘤嘤低唱，
"这是一个没心诗人化骨的荒场。"

注：

①距雪莱埋骨的坟园不远，有一砖砌的金字塔式的建筑物，乃纪元前罗马将军赛司提亚司(Cestius)的大坟。

②雪莱墓石上第一行字的刻字。

③英国诗人克茨亦埋于此坟园中，他比雪莱早死一年。

④雪莱墓左侧是雪莱友人楚劳耐(E. J. Trelawny)的墓，他在一八八一年死于英国。他的墓石上刻着——不要让他们的骨头分开，因为在生命中他们的两颗心合而为一。

⑤雪莱墓上刻着莎士比亚戏剧"风暴"中的成语。

⑥略取雪莱诗的语意。

⑦略取雪莱诗的语意。

⑧雪莱于一八二二年溺死于司排资亚(Sepzia)。

微雨中的山游

当我们正下山来；

槭槭的树声，已在静中响了，

迷蒙如飞丝的细雨，也织在淡云之下。

羊声曼长地在山头叫着，

拾松子的妇人，也疲倦的回来。

我们行着，只是慢慢地走在碎石的斜坡上面。

看啊！

疏林中春末的翠影，

为将落的日光微耀。

纷披的叶子，被雨丝洗濯着，更见清丽。

四围的大气，都似在雪中浴过。

向回望高塔的铎铃，似乎轻松的摇动，

但是声太弱了，

我们却再声不见牠（编者注：它）说的甚么。

漫空中如画成的奇丽的景色，

越显得出自然的微妙。

斜飞禅翼的燕子斜飞地从雨中掠过。

牠们也知道春去了吗？

下望呀！

烟雾弥漫的都城已经都埋在暗光布满的云幕里。

羊群已归去了，

拾松子的妇人大约是已回了她的茅屋。

我们也来在山前的平坡里，

听了音乐般的雨中的流泉声，

只恋恋地不忍走去！

铁匠铺中

一个星，两个星，无数明丽的火星。

一锤影，两锤影，无数快重的锤影。

来呀，大家齐用力，

咱们要使这铁火碰动！

一只手，两只手，无数粗硬的黑手。

一阵风，两阵风，无数呼动的风阵。

来呀，大家齐用力，

咱们先要忍住这火热的苦闷。

一个星，一锤影；一只手，一阵风；

无数的星，无数的锤影；

无数的手，无数的风阵。

来呀，大家齐用力，

在这里是生活的紧奋！

康白情

作者简介：康白情（1896—1959），字鸿章，中国白话诗的开拓者之一。四川安岳人。毕业于北京大学哲学系，创办《新潮》月刊，并在《新潮》上发表白话诗。著有诗集《草儿》《河上集》等。

草儿

草儿在前，
鞭儿在后。
那喘吁吁的耕牛，
正担着犁鸢，
眙着白眼，
带水拖泥，
在那里"一东二冬"地走着。

"呼——呼……"
"牛吔，你不要叹气，
快犁快犁，
我把草儿给你。"

"呼——呼……"

"牛吧,快犁快犁。

你还要叹气,

我把鞭儿抽你。"

牛呵!

人呵!

草儿在前,

鞭儿在后。

和平的春里

遍江北底野色都绿了。

柳也绿了。

麦子也绿了。

水也绿了。

鸭尾巴也绿了。

茅屋盖上也绿了。

穷人底饿眼儿也绿了。

和平的春里远燃着几野火。

徐玉诺

作者简介：徐玉诺（1893—1958），名言信，字玉诺，笔名红蠖，河南鲁山人，中国现代诗人、小说家。主要作品收录于诗集《雪朝》（文学研究会丛书之一）、《将来的花园》（自创诗集），著有短篇小说集《朱家坟夜话》等。

秋晚

我何恨于秋风呢？

年年都是这样，

它是自然之气；

可怜我落伍的小鸟，

零丁，

寂寞。

懒涩涩的这枝绿到那枝，

没心的飞出林去。

最伤心晚间归来，

似梦非梦的，

索性忘却了我是零丁，寂寞。

秋风啊！

你虽说是咯咯的响个不住——

藉红叶儿宣布你的萧杀和凄凉，
但是我有什么怀恨于你？

小诗

湿漉漉的伟大的榕树
　　罩着的曲曲折折的马路，
我一步一步地走下，
随随便便地听着清脆的鸟声，
嗅着不可名的异味……
这连一点思想也不费，
　　到一个地方也好，
　　什么地方都不能到也好，
这就是行路的本身了。

故乡

小孩的故乡
　　藏在水连天的暮云里了。
云里的故乡呵，
　　温柔而且甜美！
小孩的故乡
　　在夜色罩着的树林里小鸟声里
　　唱起催眠歌来了。

小鸟声里的故乡呵,
　　仍然那样悠扬、慈悯!
小孩子醉眠在他的故乡里了。

刘大白

作者简介:刘大白(1880—1932),现代著名诗人、文学史家。原名金庆棪,后改名刘靖裔,字大白,别号白屋。浙江绍兴人,与鲁迅先生是同乡好友。

秋江的晚上

归巢的鸟儿,
尽管是倦了,
还驮着斜阳回去。

双翅一翻,
把斜阳掉在江上;
头白的芦苇,
也妆成一瞬的红颜了。

邮吻

我不是不能用指头儿撕,
我不是不能用剪刀儿剖,
只是缓缓地
　　　轻轻地
很仔细地挑开了紫色的信唇;
我知道这信唇里面,
藏着她秘密的一吻。

从她底很郑重的折叠里,
我把那粉红色的信笺,
很郑重地展开了。
我把她很郑重地写的
一字字一行行,
一行行一字字地
很郑重地读了。

我不是爱那一角模糊的邮印,
我不是爱那幅精致的花纹,
只是缓缓地
　　　轻轻地
很仔细地揭起那绿色的邮花;

我知道这邮花背后，

藏着她秘密的一吻。

秋夜湖心独坐

被秋光唤起，

孤舟独出，

向湖心亭上凭栏坐。

到三更，无数游船散了，

剩天心一月，

　　　湖心一我。

此时此际，

密密相思，

此意更无人窥破；——

除是疏星几点，

　　　残灯几闪，

　　　流萤几颗。

蓦地一声萧，

挟露冲烟，

当头飞堕。

打动心湖，

从湖心里，

陡起一丝风，一翦波。

彷佛耳边低叫，道"深深心事，

　　要瞒人也瞒不过。

　　不信呵，

看明明如月，

照见你心中有她一个。"

心上的写真

从低吟里，
短歌离了她底两唇，
飞行到我底耳际。
但耳际不曾休止，
毕竟颤动了我底心弦。

从瞥见里，
微笑辞了她底双唇，
飞行到我底眼底。
但眼底不曾停留，
毕竟闪动了我底心镜。

心弦上短歌之声底写真，

常常从掩耳时复奏了；
心境上微笑之影底写真，
常常从合眼时重现了。

萧红

作者简介：萧红（1911—1942），乳名荣华，学名张秀环，后由外祖父改名为张廼莹，笔名萧红、悄吟、玲玲、田娣等。中国近现代女作家，"民国四大才女"之一，被誉为"20世纪30年代的文学洛神"。

沙粒（二十三）

想望得久了的东西，

反而不愿意得到。

怕的是得到那一刻的颤栗，

又怕得到后的空虚。

可纪念的枫叶

红红的枫叶

是谁送给我的！

都叫我不留意丢掉了。

若知这般别离滋味，

恨不早早地把它写上几句别离的诗。

书目

001. 唐诗
002. 宋词
003. 元曲
004. 三字经
005. 百家姓
006. 千字文
007. 弟子规
008. 增广贤文
009. 千家诗
010. 菜根谭
011. 孙子兵法
012. 三十六计
013. 老子
014. 庄子
015. 孟子
016. 论语
017. 五经
018. 四书
019. 诗经
020. 诸子百家哲理寓言
021. 山海经
022. 战国策
023. 三国志
024. 史记
025. 资治通鉴
026. 快读二十四史
027. 文心雕龙
028. 说文解字
029. 古文观止
030. 梦溪笔谈
031. 天工开物
032. 四库全书
033. 孝经
034. 素书
035. 冰鉴
036. 人类未解之谜（世界卷）
037. 人类未解之谜（中国卷）
038. 人类神秘现象（世界卷）
039. 人类神秘现象（中国卷）
040. 世界上下五千年
041. 中华上下五千年·夏商周
042. 中华上下五千年·春秋战国
043. 中华上下五千年·秦汉
044. 中华上下五千年·三国两晋
045. 中华上下五千年·隋唐
046. 中华上下五千年·宋元
047. 中华上下五千年·明清
048. 楚辞经典
049. 汉赋经典
050. 唐宋八大家散文
051. 世说新语
052. 徐霞客游记
053. 牡丹亭
054. 西厢记
055. 聊斋
056. 最美的散文（世界卷）
057. 最美的散文（中国卷）
058. 朱自清散文
059. 最美的词
060. 最美的诗
061. 柳永·李清照词
062. 苏东坡·辛弃疾词
063. 人间词话
064. 李白·杜甫诗
065. 红楼梦诗词
066. 徐志摩的诗

067. 朝花夕拾	100. 中国国家地理
068. 呐喊	101. 中国文化与自然遗产
069. 彷徨	102. 世界文化与自然遗产
070. 野草集	103. 西洋建筑
071. 园丁集	104. 西洋绘画
072. 飞鸟集	105. 世界文化常识
073. 新月集	106. 中国文化常识
074. 罗马神话	107. 中国历史年表
075. 希腊神话	108. 老子的智慧
076. 失落的文明	109. 三十六计的智慧
077. 罗马文明	110. 孙子兵法的智慧
078. 希腊文明	111. 优雅——格调
079. 古埃及文明	112. 致加西亚的信
080. 玛雅文明	113. 假如给我三天光明
081. 印度文明	114. 智慧书
082. 拜占庭文明	115. 少年中国说
083. 巴比伦文明	116. 长生殿
084. 瓦尔登湖	117. 格言联璧
085. 蒙田美文	118. 笠翁对韵
086. 培根论说文集	119. 列子
087. 沉思录	120. 墨子
088. 宽容	121. 荀子
089. 人类的故事	122. 包公案
090. 姓氏	123. 韩非子
091. 汉字	124. 鬼谷子
092. 茶道	125. 淮南子
093. 成语故事	126. 孔子家语
094. 中华句典	127. 老残游记
095. 奇趣楹联	128. 彭公案
096. 中华书法	129. 笑林广记
097. 中国建筑	130. 朱子家训
098. 中国绘画	131. 诸葛亮兵法
099. 中国文明考古	132. 幼学琼林

133. 太平广记
134. 声律启蒙
135. 小窗幽记
136. 孽海花
137. 警世通言
138. 醒世恒言
139. 喻世明言
140. 初刻拍案惊奇
141. 二刻拍案惊奇
142. 容斋随笔
143. 桃花扇
144. 忠经
145. 围炉夜话
146. 贞观政要
147. 龙文鞭影
148. 颜氏家训
149. 六韬
150. 三略
151. 励志枕边书
152. 心态决定命运
153. 一分钟口才训练
154. 低调做人的艺术
155. 锻造你的核心竞争力：保证完成任务
156. 礼仪资本
157. 每天进步一点点
158. 让你与众不同的8种职场素质
159. 思路决定出路
160. 优雅——妆容
161. 细节决定成败
162. 跟卡耐基学当众讲话
163. 跟卡耐基学人际交往
164. 跟卡耐基学商务礼仪

165. 情商决定命运
166. 受益一生的职场寓言
167. 我能：最大化自己的8种方法
168. 性格决定命运
169. 一分钟习惯培养
170. 影响一生的财商
171. 在逆境中成功的14种思路
172. 责任胜于能力
173. 最伟大的励志经典
174. 卡耐基人性的优点
175. 卡耐基人性的弱点
176. 财富的密码
177. 青年女性要懂的人生道理
178. 倍受欢迎的说话方式
179. 开发大脑的经典思维游戏
180. 千万别和孩子这样说——好父母绝不对孩子说的40句话
181. 和孩子这样说话很有效——好父母常对孩子说的36句话
182. 心灵甘泉